시를 사랑하는

_______________님께

가끔 흔들렸지만 늘 붉었다

초판 1 쇄 발행 2016년 4월 10일 **초판 1쇄 인쇄** 2016년 4월 15일

지은이 양광모

펴낸이 김용태 **펴낸곳** 이룸나무
편집장 김유미
출판신고 제2015-000016 (2009년 9월 16일)
주소 410-828 경기도 고양시 일산동구 산두로 265-17 3층 (정발산동)
전화 031-919-2508 | **E-mail** iroomnamu@naver.com
마케팅 출판마케팅센터 031-943-1656
가격 10,000원
ISBN 978-89-98790-39-4 03810

가끔
흔들렸지만
늘
붉었다

양광모 시집

이룸나무

일곱 번째 시집이다.
행운이 찾아올까?
곱씹어보면 시를 쓰며 살아온 일 자체가 천운이었으니
무얼 더 바라랴.

때로는 꽃잎을 모아썼고 때로는 별빛을 모아썼다.
때로는 물 위에 썼고 때로는 모래 위에 썼다.
때로는 그대를 그리워하며 썼고 때로는 나를 그리워하
며 썼다.

잘 가라 詩여. 어디든 가서 고운 사람 하나 만나 참말 아름답게 살아라.
살다가, 어느 겨울 눈 내리는 날 이마에 내려앉는 눈송이로 다시 만나자.
그때에야 비로소 순순히 고백하리니, 나는 너를 사랑하였다.

2016. 초봄에

양광모

C·o·n·t·e·n·t·s

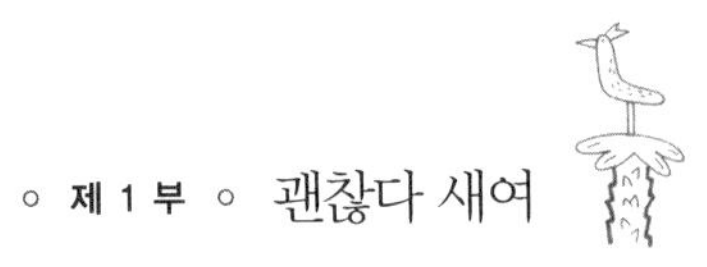

◦ 제 1 부 ◦ 괜찮다 새여

◦ 제 2 부 ◦ 사랑아 다시는 꽃으로도 만나지 말자

C·o·n·t·e·n·t·s

제 1 부

괜찮다 새여

괜찮다 새여,

하늘을 날기 위해서는

먼저 물 위에 떠 있는 법을

배워야 한다

함께 눈물이 되는 이여

낮은 곳에선
모두 하나가 된다

빗방울이 빗물이 되듯
강물이 바다가 되듯

나의 마음자리
가장 낮은 곳까지 흘러와
함께 눈물이 되는 이여

세상에서 가장 높은 곳으로 올라가
우리 함께 샘물 같은 사랑이 되자

괜찮다 새여

새우깡 하나 차지하겠다고
대부도 방아머리 선착장에서
자월도까지 쫓아 날아오던
갈매기 한 마리와 눈이 마주쳤는데
어쩐지 못 볼 것을 본 듯한 마음에
먼저 눈길을 피하고 말았다
필경 저 새도 땅에 내려앉는 것이 부끄러워
발목이 붉어졌을 것이다
밤이면 자줏빛 달을 부리에 물고
파랑 같은 울음을 울겠다마는
괜찮다 새여, 하늘을 날기 위해서는
먼저 물 위에 떠 있는 법을 배워야 한다

술을 마시다

4도짜리 맥주를 마시다
서러운 무엇이 있는지
거품 같은 눈물을 펑펑 쏟아내는
36.5도 술 한 병의 등을
나는 가만히 쓸어주었다

술아, 천천히 비워야 한다

눈부시다는 말

눈부시다는 말
참 좋지요

비 갠 아침의 눈부신 햇살
은빛으로 반짝이는 눈부신 강물
풀잎 끝에 매달린 눈부신 이슬
해맑은 아이들의 눈부신 웃음
오늘이라는 눈부신 시간
사랑해라는 눈부신 고백

눈부시다는 말
참 눈부시지요

우리 더불어

나무가 나무에게 말했습니다
우리 더불어 숲이 되자*

냇물이 냇물에게 말했습니다
우리 더불어 강이 되자

한 사람이 또 한 사람에게 말했습니다
우리 더불어 마을이 되자

내가 당신에게 말합니다
우리 더불어 사랑이 되자

* 신영복 글

사랑

숨바꼭질을 하던 아이가
몸 뒤로 다가와 숨자
나무는 깊숙이 숨을 들이마신 후
힘껏 몸을 부풀려
아이의 몸을 살며시 가려주었습니다

와온에 가거든

노을 몇 점 주우러 가는 도로에
촘촘한 간격으로 설치된
수십 개의 과속방지턱을 넘으며
상처란 신이 만들어 놓은
생의 과속방지턱인지도 모른다 생각해 보았다
서두르지 말고 천천히 가야 한다는

느릿느릿 도착한 와온 바다,
엄지손톱만한 해가 수십만 평의
검은 갯벌을 붉게 물들이며
섬 너머로 엉금엉금 지는 모습을 보자면
일생을 갯벌 게구멍 속에서 지내도
생은 좋은 일만 같았다

그대여, 와온에 가거든
갯벌 게구멍 속에 느릿느릿 들어앉았다 오라
밀물이 들기까지 생은 종종 멈추어도 좋은 것이다

봄

어둠이 아니라 빛을 봄
어제가 아니라 내일을 봄
미움이 아니라 사랑을 봄
내가 아니라 우리를 봄

비바람 불고 눈보라 치는 날에도
나의 눈에는 언제나 봄

여름

매미는 울고
잠자리는 날고
강아지풀은 졸고
나는 미소 짓네

모두 사랑 때문

여름비

상한 영혼 맑게 씻어주는
새벽 산사의 목탁소리

낮은 곳으로 흘러가거라
흘러가 바다의 자식이 되어라

별로

별로 아는 것이 많지 않아도
별로 가진 것이 많지 않아도
별로 웃을 일이 많지 않아도
별로 사는 사람들이 있다

별로 살아야 한다

사람은 무엇으로 사는가

여름비 쏟아지는 이른 아침
달팽이 한 마리가 비를 맞으며
1시간에 5m의 속도로
아파트 옆 하천 산책로를 기어가고 있다
그 옆에 쭈그리고 앉아
두 개의 더듬이, 그리고 나선형 껍데기에 관한
은유와 상징을 더듬거려 보다가
당최 성에 차는 문장이 떠오르질 않아
벌떡 자리에서 일어서는데
지나가던 초로의 남자가 다가와
두 손가락으로 달팽이를 조심스레 들어 올리더니
건너편 길가 풀섶 사이에 내려놓고는
다시 제 갈 길을 걸어가는 것이었다
그 사람의 등에 보이지 않는 높은 사원 하나
우뚝 세워져 있는 듯하여
나는 가만히 속으로 중얼거려보았다

"사람은 무엇으로 사는가"

1/10

우리가 스스로를 사랑하는
십 분의 일만큼만 타인을 사랑한다면

우리가 스스로에게 감사하는
십 분의 일만큼만 타인에게 고마워한다면

우리가 스스로에게 사과하는
십 분의 일만큼만 타인에게 부끄러워한다면

우리가 스스로를 용서하는
십 분의 일만큼만 타인을 너그러이 대한다면

그대여, 우리가 사는 세상이
어찌 십 분의 일만큼만 따뜻해지랴

그대여, 우리 영혼의 샛별이
어찌 십 분의 일만큼만 더 밝게 빛나랴

촛불

화산 한두 개쯤
숨기고 있겠지

용암처럼 흘러내리다
현무암으로 굳어버린
묵은 슬픔 하나쯤 기도의 목록으로
간직하고 있겠지

바람에 지워져
반쯤 남은 발자국 속에
고요히 어깨 흔들리던
사막의 푸른 별빛을
기억하고 있겠지

그러나 촛불이여,
마지막 연기가 피어오르기 전
너의 불꽃을 심장에 옮겨 붙여
마른 짚단처럼 활활 함께 불타오르고 싶은
사람 하나쯤 있겠지

아직은 밤인 아직도 새벽을 기다리는
그의 창가에서 일생쯤 서성인들
상관없을 사랑 하나쯤 있어야겠지

자작나무숲으로 가자

자작나무숲으로 가자
백색 사원의 수도승들
온몸에 흰눈 뒤집어쓴 채
100년 묵언에 잠겨 있는 곳

푸른 지붕 사이로 새어든 햇살이
고요마저 삼킨 적막을 자작자작 비춰
이곳에서는 생도 길을 잃고
이곳에서는 죽음도 영원히 머물러
살고 싶어지느니

보아라 생이여!
이렇게 사는 법도 있지 않느냐
저렇게 죽는 법도 있지 않느냐

원대리에서는
삶도 죽음도 입을 다물고
거침없는 바람만 자작자작
생의 비의秘意를 허공에 흩뿌린다

8.4cm

경부고속도로 안성휴게소에서 보았다
이제 막 중년에 접어든 사내 하나가
전쟁터로 돌아가는 군인의 표정으로
8.4cm 불길을 들이마셔
짙은 안개를 뿜어내는 모습을
살아가는 일 또한 저 안개와 같아
생은 왜 회색빛인지
생은 왜 쉽게 끊어지지 않는 것인지
누구도 가벼이 대답할 수 없겠지만
상처와 회한, 고독과 그리움의 안개를 모두 들이마셔
다시 한 번 뜨거운 불길로 뿜어내고 싶다는 갈망에
오늘도 4.2cm쯤 제 몸을 불태우고 있으리라는 생각에
나는 사내의 의식에 무언의 갈채를 보내주었다

와온에 서서

와온바다 수평선을 가로막고 서 있는 섬들
내 생에도 저런 섬 한두 개쯤 있었겠지
우뚝 서서, 파도쯤에는 꼼짝도 안 하며
바다의 걸음을 묶어두던 운명들

뭍과 섬 사이를 가득 메운 노을은
저무는 바다를 홀로 흘러 떠나는데
나는 또 누군가의 섬이 되려는지
와온에 서서
짠 파도에 모래알 같은 마음을 씻기고 있었다

가창오리 군무

금강 하굿둑에
마지막 햇살이 내려앉자
고요히 수면을 박차고 날아올라
유유히 하늘을 헤엄치는 흑고래 한 마리

너는 누구의 꿈인가
하늘을 벗어나 심해를 유영하고 싶은
가창오리의 꿈인가
바다를 벗어나 푸른 창공을 날고 싶은
고래의 꿈인가
금강에서 시베리아까지 떠돌고 싶은
어린 집시의 꿈인가

이제 막 어스름이 밀려드는 저녁
아직 밤도 깊지 않았는데
새날을 기다리는 이른 꿈 하나
바다에서 솟아올라 하늘에서 춤추다 땅으로 돌아간다

소소한

나의 일생은 바다 같았지
끝없이 다가섰다
끝없이 되돌아선
나의 일생은 파도 같았지
부딪치며 뒤척이다
뒤척이며 부서지던
나의 일생은 포말 같았지
그러기에 나,
사랑이나 그리움쯤은 알고 떠나는
푸른 심장의 한 마리 흰 갈매기 같겠지

강아지풀

꿩 숨듯
숨은 강아지떼

살랑살랑
바람에 꼬리 흔드네

멍 멍
힘들 땐 잠깐 눈을 감아요

포르릉 포르릉
눈물이 바람에 날아가요

차꽃

차는 몸을
맑게 하고

차꽃은 영혼을
맑게 하네

바람에 흩어지면
향기가 되고

바람에 속삭이면
시가 되네

미인

가느란 몸매에
긴 머리를 풀어헤치고
바람이 불면
바람이 부는 곳으로
꺾어지도록 허리를 숙여
세상에서 가장 가냘픈 인사를 건네다
이따금 허공에 오똑 서서
세상 아랫것들에게도 눈웃음을 주는
10월의 여왕, 갈대여!
너의 눈짓 한 번에
온 가을 단풍잎이 얼굴을 붉힌다

운수 좋은 날

점심 무렵 손님이 찾아와
막걸리를 마셨는데
저녁 무렵 친구가 찾아와
소주를 마셨다

세 잔을 마시곤 서운했는데
아내가 한눈을 파는 사이
한 잔을 더 마셨다

이리도 운이 좋으니
슬픔이나 아픔쯤은
내일에나 애태워도 충분하리라

36.5도 인생

쓰건
달건

독하건
순하건

그래봤자
36.5도 술 한 병

그래도
취할 사람은 취한다네

추석

연어처럼 돌아간다

어린 새끼들을 이끌고
오래전 떠내려왔던 물살을 거슬러 올라가면
가을 햇살에 반짝이는 유년의 비늘들

빈 주머니면 어떠리
내일은 보름달이 뜨리니
가난한 마음에도 달빛은 한가득

밤이 깊을수록
송편은 점점 커지고
아비 어미 연어 얼굴에는
기쁨이 사뭇 흘렀다

어머니

어쩐지 잘못 길을 걸어온 듯 느껴지는 날
겁먹은 어린아이의 눈길로 뒤돌아보면
저만큼 당신이 서 있을 것만 같습니다

어머니,
아직도 손을 흔들고 계시겠지요

내 품에 잠드소서

사랑하는 이여,
신이 죽음을 만들어 놓은
이유는 알 수 없지만
신이 당신을 이 땅에 보낸
이유는 말할 수 있습니다

당신은 축복
당신은 사랑
당신은 끝없는 기쁨이었습니다

당신은 안식처
당신은 수호자
당신은 영원한 고향이었습니다

당신의 눈물과 헌신이 있었기에
나의 삶은 웃음과 행복이 가득했고
당신의 손길과 기도가 있었기에
나는 고통과 아픔을 이겨낼 수 있었습니다

사랑하는 이여,
이제 곧 죽음이 당신을

천상의 세계로 인도하겠지만
나는 당신을 내 가슴 속
가장 햇살 눈 부신 곳에 모십니다

어머니, 나의 사랑하는 이여
나의 눈물로 당신의 발을 씻어드리니
내 품에 천사의 영혼으로 잠드소서

삶이 삶을 끌어안네

장미는 가시를 부끄러워하지 않고
나무는 바람을 미워하지 않는다

하늘은 노을을 숨기지 않고
별은 어둠을 두려워하지 않는다

땅은 비를 슬퍼하지 않고
바다는 썰물을 후회하지 않는다

나의 왼손은
나의 오른손을 뿌리치지 않는다

다시 일어서는 삶

잠시 기다려 줄 수 있겠니
눈물이여 이별이여 죽음이여

다시 돌아와 줄 수 있겠니
기쁨이여 사랑이여 영광이여

다시 손 내밀어 줄 수 있겠니
순수여 자유여 정열이여

다시 말해 줄 수 있겠니
희망이여 용기여 신념이여

이 모든 것들을
다시 나의 품으로 돌려줄 수 있겠니
그대, 스스로 일어서야 할 나의 영혼이여

삶이여 빛나라

낮은 햇빛의 윤슬로 빛나고
밤은 달빛의 윤슬로 빛나네

사랑은 그대 눈빛의 윤슬로 빛나고
사람은 따스한 마음빛의 윤슬로 빛나네

삶이여 빛나고 또 빛나라
시간은 흐르는 강물과 같고
가장 아름다운 날은 윤슬과 같네

고마운 일

감사할 일이 있다는 건
얼마나 고마운 일인가

꽃다운 미소를 지어주고
햇살 같은 말을 건네주고
나를 위해 자신의 손을
내밀어 주는 사람이 있다는 건
얼마나 고마운 일인가

그리하여 그와 함께
가난한 세상을 부자처럼 살아가는 일에
감사할 줄 아는 마음을 갖는다는 건
또 얼마나 고마운 일인가

사람아,
너와 함께 이 세상을 살아가는 건
그 누군가에게 또 얼마나 고마운 일인가?

행복의 길

당신이 행복하게 살았으면 좋겠다고
말해주는 사람이 있다면
당신은 인생을 잘 산 것입니다

당신이 행복하게 살았으면 좋겠다고
말해주고 싶은 사람이 있다면
당신은 인생을 더욱 잘 산 것입니다

그리고 행복은 그때 찾아옵니다
당신이 자신의 행복보다는
누군가 다른 사람의 행복을 위해 기도할 때

사랑의 기쁨이 바로 그러하듯이

너의 이름

이 세상이
지옥은 아니라는 증거

이 세상은
천국일지도 모른다는 희망

이 세상에
혼자 살아가는 것은 아니라는 기쁨

이 세상을
조금 더 아름답게 만들어야겠다는 신념

이 세상과
살아 있는 모든 생명을 위한 신의 마지막 기도

너의 이름은…… 사랑

나의 기도

오늘의 슬픔이
어제의 슬픔보다 크더라도
오늘의 사랑은
어제의 사랑보다 작지 않으리

내일의 상처가
오늘의 상처보다 크더라도
내일의 용기는
오늘의 용기보다 작지 않으리

바람 불고
폭풍우 몰아치는 날에도
낙엽 지고
눈보라 휘날리는 날에도

하루에 한 걸음씩
나의 길을 걸어가며
하루에 한 송이씩
나의 영혼을 꽃피우리

사랑을 위한 기도

내가 사랑한 사람이
나를 사랑한 사람보다 많게 하소서

나를 사랑하는 사람보다
더 깊이 그를 사랑하게 하시고
나를 사랑하는 사람보다
더 오래 그를 사랑하게 하소서

나를 사랑하는 사람보다
더 뜨겁게 그를 사랑하게 하시고
나를 사랑하는 사람보다
더 순결하게 그를 사랑하게 하소서

어느 날 불현듯 나를 미워하더라도
흔들림 없이 그를 사랑하게 하시고
어느 날 불현듯 나를 잊어버리더라도
변함없이 그를 그리워하게 하소서

그리하여 누군가에게 사랑받으며 산 날보다
누군가를 사랑하며 산 날이 더 많게 하소서

그것이 자신의 영혼과 삶을

참사랑 하는 하나뿐인 길임을

사랑 속에서, 오직 사랑의 힘으로 깨닫게 하소서

그대 가슴에 어둠이 밀려올 때

자신을 사랑할 수 없을 때
존중하라

타인을 존경할 수 없을 때
세상에 대해 분노가 느껴질 때
살아가는 일이 무의미하게 느껴질 때
미래에 대해 어떠한 희망도 발견할 수 없을 때
존중하라

그대 자신과
그대가 살아온 삶을
그대가 살아갈 삶을
타인과 타인들이 살아가는 방식을
세상이 그대에게 보여지는 모습 그대로를
더욱 존중하라

누구라도 사랑만으로 살아갈 순 없나니
그대 가슴에 불이 꺼지고
고통과 슬픔, 절망과 회한의 어둠이 밀려올 때
그대를 둘러싼 모든 것을 더욱 힘껏 존중하라

이 세상 그 어떤 고난도
그대를 땅에 넘어뜨리지 못하리니
장미와 사자, 소금과 황금, 친구와 적
그리고 자신의 영혼을 스스로 존중할 줄 아는 자에게
영원한 천상의 평화가 있다

좌와 우의 불빛으로

자동차 정기검사를 받는데
검사원이 좌측 헤드라이트 전구가 끊어졌다 말한다
이따금, 그런 차들을 본 적이 있다
한쪽 불만 밝히고
맹렬한 속도로 고속도로를 질주하는 외눈박이 차들
그런 차를 볼 때면 혀를 끌끌 차곤 하였다
세상에! 한쪽 헤드라이트가 나간 줄도 모르고 운전을 하다니……

삶이란 그런 식이다
내 차에 불이 꺼진 것은 알지 못하면서도
누군가 한쪽 불에 의지해 달려가는 것을 안타까워한다
어쩌면 그 또한 나를 안타까워했을 사람을
때로는 냉소에 가까운 웃음으로 비웃으며
여기까지 달려왔을 것이다

그러니 이쯤에서 물어야 한다
내 삶의 좌측 헤드라이트는 무사한가
내 영혼의 좌측 헤드라이트는 아직 불 밝히고 있는가
아니다, 이렇게 말해야 하는 것이다
나는 좌와 우의 불빛으로 올곧이 이 어둠의 시대를 지나가리라

사랑에게 묻는다

우는 새끼들의 먹이를 구하지 못한
어미새 한 마리가
풀 죽은 채로 엎드려 있는
풀잎 위에 울음도 없이 내려앉는 풍경으로
겨울 해가 떨어지고 있을 때

사랑이여, 너에게 묻는다
그대 아직 내 곁에 있는가

내 슬픈 전설의 22페이지

천경자 …
– 이것은 내 그림이 아닙니다

내 슬픈 전설의 44페이지에도
– 이것은 내 시가 아닙니다

아니, 어쩌면 내 슬픈 전설의 첫 페이지에는
– 이것은 내 인생이 아닙니다

아니, 어쩌면 내 슬픈 전설의 마지막 페이지에는
– 이것은 내가 아닙니다

네 마리의 뱀과 한 송이 붉은 장미와 긴 머리와 긴 목을 한, 한 한 많은 여자의 슬픔도 없는 눈빛을 사랑했네 내 슬픈 전설의 22페이지에서는

추상1

지상에서 가장 아름다운 융단폭격
장미와 금의 길이 열리면
백기를 들고 네게로 간다
해방,
그런 말은 여기서 아무런 의미가 없어요
너의 목소리는 가을 다람쥐 울음을 닮았다
아니, 너의 몸은 쳇바퀴쳇바퀴쳇바퀴
그 많던 도토리는 어디로 갔을까
여보 용서해요 나를
용서해요 25초면 충분해요
빗물에 젖은 낙엽처럼 당신 몸에 착 달라붙고 싶어
잿빛 연기 속에 촛불이 피어나
피가 나요 일찍 초월했지요
처음부터 없었어요 당신 없이 사랑을 사랑해 보고 싶었어요
내일 아침에는 눈으로 눈을 씻을게요
해제 解制,
지금까지 제가 한 말은
모두 개소리입니다
믿기지 않겠지만 가끔 사람들의 말을 알아들을 때가 있어요(믿기지 않겠지만 가끔 사람들이 제 말을 알아들

을 때가 있어요)

명료한 운명이여, 건배!

추상2

부러진 시계바늘을 손에 쥐고 운명의 종이 제시각에 울리기를 바라는 자는 얼마나 어리석은가 그리하여 나는 가득 잠겨진 방안에 누워 커튼 사이로 스며드는 찢어진 햇.살.에 취해있다 무릇 닫혀 있는 것은 열려 있는 것의 어머니, 익숙한 것은 낯선 것의 사생이다 혼돈, 12시에 너는 도착한다 그렇다면 굿바이, 나의 안녕이여 혹시 잊어버린 권태가 있는가? 롯테 롯테 그런 말은 하지 말아요 탕 타앙 타아앙 총성을 울리며 눈이 날린다 공중에 뿌려지는 흰 피는 갑골문자, 살 발린 뼈들이 살풀이춤을 추면 쿵 쿵 쿵닥쿵닥 쿵다다닥 흑 흐윽흐윽 흐으으윽 으하하 흐으 팽! 쳇! 퉤! 태초에 언어가 있었나니 종말은 이미 종말을 지나왔다는 것, 사랑은 앞으로도 더욱 사랑해야해요 12시, 혹시 건너지 못한 강이 있는가? 그것이 축복

추상3

나는
내가 아니며
너도 아니다

나는
네가 아니면
나도 아니다

늘
다시
돌아오라

나는
내가 아니면
나도 아니다

시인

세상 모든 것을
숨길 수 있지만

자신은
결코 숨지 못하는

푸른 안개,

그의 혈관을 타고
피어오른다

어렵게 씌어진 시

가난을 부끄러워하지 말 것
가난은 죄가 아니니까
가난은…… 벌이다

시인이란 슬픈 천벌,
세상은 살만하다는데
어둠으로 쓰여지는 시가 부끄러워
밤의 촛불을 켜고 은밀한 죄를 짓는다

신이여,
나의 죄로 나의 벌을 사하소서

詩여

너는 개다
너는 사자다
너는 어머니다
너는 탕아다
너는 아내다
너는 정부다
너는 부처다
너는 예수다
너는 햇살이다
너는 얼음이다
너는 모멸이다
너는 추방이다
너는 부조리다
너는 부존재다
너는 사막에 남긴 발자국이다
너는 물 위에 쓴 연서다
너는 달빛으로 쓴 유서다
너는 별의 이마에 새긴 문신이다
너는 태양의 웃음이다
너는 안개의 눈물이다
너는 꽃의 기침이다

너는 바다의 하품이다
너는 거지다
너는 도둑이다
너는 창녀다
너는 포주다
너는 유다다

새벽이 오기까지 네가 나의 이름을 서른 번 부정하더라도 너는 나의 청동기 시대에 쓰는 푸른 혈서다

불멸의 여인

그대는 누구인가

노트르담의 종지기처럼
나의 몸이 추한 얼굴과 굽은 등을 지녔다 해도
주저 없이 나를 사랑하여 자신의 눈에 담을 자 누구인가

태양의 화가처럼
나의 시가 사람들의 발 아래로 업신여겨진다 해도
변함없이 나를 위해 십자가와 제단을 세울 자 누구인가

주검 위를 맴도는 검은 까마귀처럼
나의 영혼이 우수와 절망에 사로잡혀 벗어나지 못한다 해도
슬픔 없이 푸른 하늘처럼 나를 떠나지 않을 자 누구인가

나의 얼굴이 아니라 나의 시를
나의 시가 아니라 나의 영혼을
나의 영혼이 아니라 내 영혼의 그림자를
겨울 새벽, 별빛을 품은 호수처럼 뜨겁게 사랑할 자 누구
인가

그대의 눈빛을 바라보는 것만으로도

내게 천상의 시가 들리고
그대의 목소리를 듣는 것만으로도
내게 천상의 노래가 울려 퍼지며
그대의 손길에 스치는 것만으로도
나를 천상의 춤으로 이끄는
나의 에스메랄다 나의 상드 나의 베아트리체

어린 소녀의 순결함과
집시 여인의 정열로
내 영혼의 은신처가 되어 주고
내 영혼의 구원을 위해 함께 불길 속으로 뛰어들
시의 수호자여 영원한 불멸의 꽃이여 심약한 시인을
지키는 용맹스런 전사여

그대는 누구인가
나의 살아 숨 쉬는 가장 아름답고 찬란한 시여

사랑과 시의 여신을 위한 헌시

시란
시지프스의 바위

떨어져도 떨어져도
다시 바위를 밀어 올리는 건

산정 위에 앉아
당신이 나를 기다리고 있기 때문이지

사랑과 시의 여신이여
그대의 이름은… (((당신은 알고 있겠지?)))

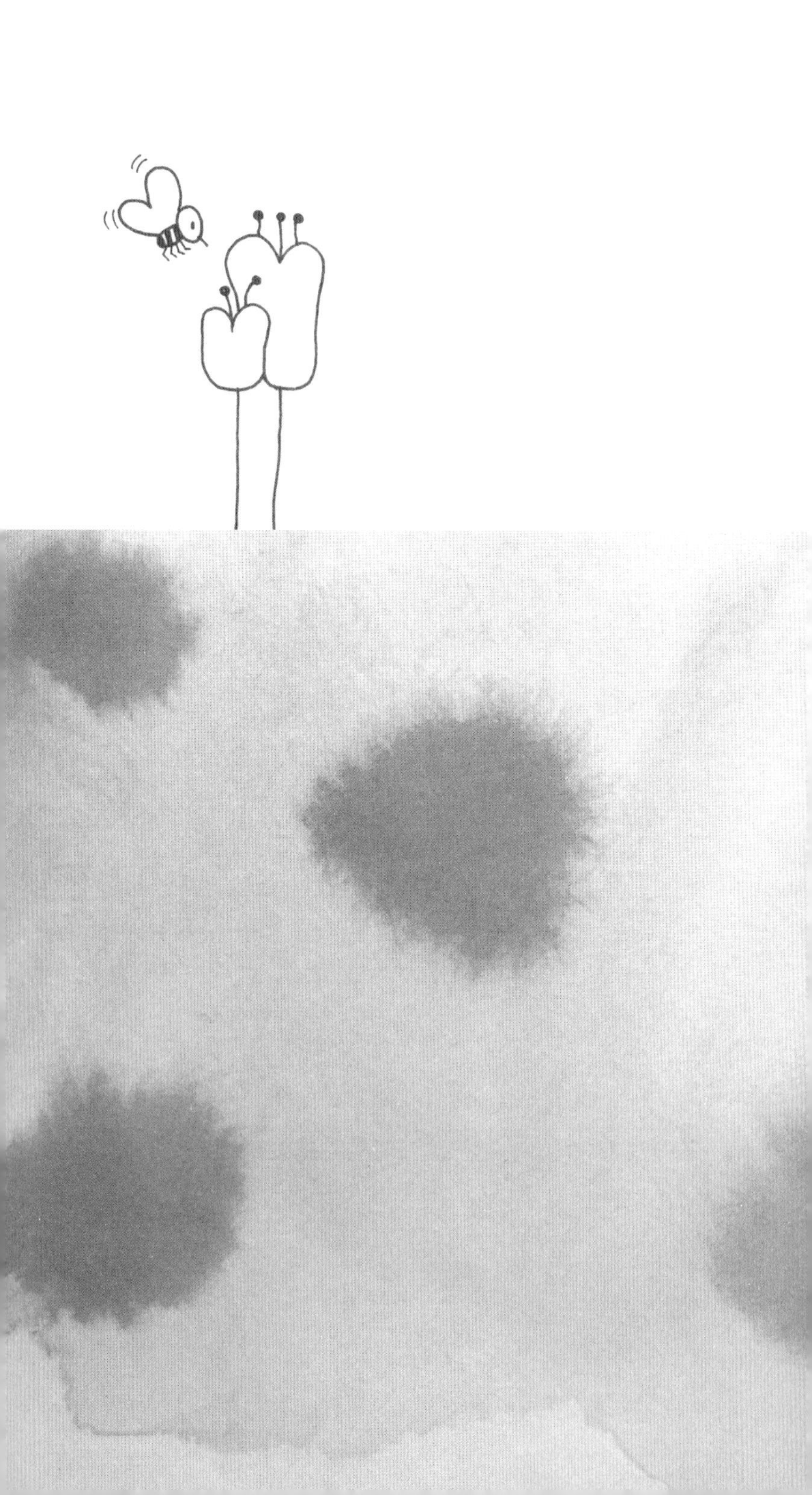

제 2 부

사랑아 다시는 꽃으로도 만나지 말자

사랑아,

다시는 꽃으로도 만나지 말자

사랑아,

다시는 햇살로도 만나지 말자

당신이 보고 싶어 아침이 옵니다

당신이 보고 싶어
아침이 옵니다

밤을 지나
어둠을 헤치고
낮을 지나
빛마저 뿌리치고

당신이 보고 싶어
저녁이 옵니다

장밋빛 노을에 물든
태양처럼
따뜻한 어둠에 잠긴
별처럼

당신이 보고 싶어
잠에 듭니다

사랑은 만 개의 얼굴로 온다

사랑은
만 개의 얼굴로 온다

아침에서 밤까지
하늘에서 바다까지
꽃에서 달까지
사랑은 만 개의 얼굴로 온다

그리하여 그대의 사랑이 꿈 같을 때
그리하여 그대의 사랑이 기적 같을 때
사랑은 다시 만 개의 심장으로 온다

터져라, 심장이여!
죽음도 두렵지 않으니
사랑은 천만 개의 불꽃으로 온다

낮이 밤이 되어도 낮의 戀書

그대와 내가 만 리 밖에 떨어져
서로를 사랑한다 하여도
그대 가슴 속 터질 듯한 심장의 두근거림을
가장 가깝게 들을 수 있는 사람은
오직 나뿐입니다

그대와 내가 천 년을 떨어져
서로를 사랑한다 하여도
내 눈빛 속 타오르는 사랑의 불길을
가장 뜨겁게 느낄 수 있는 사람은
오직 당신뿐입니다

신이 내게 당신을 선물하였고
신이 당신에게 나를 선물하였으니
이 세상 가장 고결한 사랑을 나누는 것은
그대와 나의 축복받은 의무

태양이 다시 떠오르는 한
우리의 사랑 영원히 변함없으리니
낮이 밤이 되어도
나는 당신만을 사랑합니다

샛별 같이 빛나라 밤의 戀書

가장 밝은 곳을 바라볼 수 있는 곳은 가장 어두운 곳
네가 떠난 후 나의 가슴엔 별이 가득하다
사막의 밤이 그러하듯이

그 별빛 네게로 보내나니
사랑이란 밤하늘에 떠 있는 수만 개의 별이 아니라
한 사람의 발아래서 그의 몸을 묵묵히 받쳐주는
단 하나의 별이라 믿는 까닭이다

그리운 이여, 만 리 밖에 떨어져 있어도 좋으니
어둠 속에서도 샛별 같이 빛나라

백야

너를
만난 후

나의 밤은
백야다

그리움은 지평선 아래로
가라앉지 않고

은빛 사랑으로 빛나는
하얀 밤이여!

당신은 누구신가

당신은 누구신가
피아노의 선율로 내 가슴을 두드리는 이
백만 송이 장미의 향기로 내 영혼을 적시는 이
푸른 번개의 불꽃으로 내 심장을 타오르게 만드는 이
눈앞에 있어도 멀리 있고 멀리 있어도 눈앞에 있는 이
당신과 함께라면 죽음도 두렵지 않아, 고백하게 만드는 이

당신은 누구신가
밤바다 가슴에 찾아가 시를 적어놓고 싶은 이
천만 송이 백합으로 잠자리를 수놓고 싶은 이
붉은 노을보다 진한 그리움으로 눈빛을 물들이고 싶은 이
내 심장 속에 있어도 멀리 있고 멀리 있어도 내 심장 속에 있는 이
당신과 함께라면 지옥도 두렵지 않아, 고백받고 싶은 이

태초부터 나와 함께 있었고
영원까지 우리 함께 사랑할
당신은 누구신가

너는 내 생의 마지막 폭설이다

너는 5월이다
가만히 손을 펼치면 숨겨져 있던
장미꽃 봉오리가 일제히 터져 오르고
창공을 향해 날아오르는 푸른 글씨가 있다
너는 12월이다
밤이 정성껏 물들여 놓은 어둠을
아침이 한순간에 벗겨버리듯 너는 그렇게 사랑한다
아! 너는 그렇게 사랑을 한다
북반구의 백야처럼
별빛을 안고 흐르는 어린 강물처럼
아프리카 초원에 떠오르는 젊은 태양처럼
맑은 소년의 이마에 내려앉자마자 녹아버리는 눈송이처럼
그리고도 굶주린 맹수처럼 달려들어 심장을 물어뜯는
세상에서 가장 뜨거운 용암이여
사랑아, 너는 5월에 피는 내 생의 첫 장미꽃이다
사랑아, 너는 12월에 내리는 내 생의 마지막 폭설이다

당신은 무지개처럼 내게 오네

당신은 무지개처럼 내게 오네
당신은 무지개처럼 내 가슴에 떠 있네

사랑이란
한 사람의 가슴에서
또 한 사람의 가슴까지
영원히 끊어지지 않을
무지개 하나 연결되는 것

먼 훗날 어느 비 오는 날에도
그 무지개 건너
당신 가슴 속 사랑을 찾아가리

바람이 꽃에게 전하는 말

두려워 마
검은 밤이 찾아와도
언제나 네 곁에 머물게

걱정하지 마
빗물에 젖어도
내가 너의 몸을 말려줄게

슬퍼하지 마
언젠가 네가 지는 날
내 품에 안고 먼 곳으로 날아갈게

오직 기억해
잠시 흔들리는 게 아니라
영원한 사랑의 춤을 함께 추는 거야

가난한 사람들이 사랑을 할 때는

가난한 사람들이 사랑을 할 때는
가난으로 사랑하는 것이다
금이 아니라 금빛 미소로
장미가 아니라 붉은 뺨으로
털옷이 아니라 따스한 손길로
가난한 영혼을 사랑하는 것이다

가난한 사람들이 사랑을 할 때는
가난을 축복으로 사랑하는 것이다
은촛대가 아니라 빈손의 기도로
포도주가 아니라 뜨거운 눈물로
구원의 약속이 아니라 사랑의 언약으로
가난한 사랑을 지켜나가는 것이다

그리하여 가난한 사람들이 사랑을 할 때는
이 세상 가장 부족함 없는 사랑이 만들어지나니
별과 촛불, 가난한 사랑만이
어둠 속에서도 세상을 따뜻이 불 밝히리라

사랑이란

그대와 나 사이에
고압선 하나 놓이는 것

오만 볼트 전류가 흐르고
오만 번 푸른 불꽃이 튀어도

그대와 나
전선 위에 나란히 앉아
서로에게 깃을 부비는 것

나는 사랑을 가졌네

당신은 봄의 신부
진달래보다 붉은 빰을 지녔네

당신은 여름의 아내
태양보다 뜨거운 심장을 지녔네

당신은 가을의 딸
단풍보다 고운 가슴을 지녔네

당신은 겨울의 어머니
흰눈보다 맑은 영혼을 지녔네

나는 사계의 아들
별보다 빛나는 사랑을 가졌네

능소화

행복하게,
잘살고 있는 거지?

어찌 저 꽃은 손나팔까지 불며
내 할 말을 지가 묻고 있는가

능소화 활짝 필 때
훌쩍 져버린 사랑 하나 있었다

능소화 훌쩍 질 때
활짝 피어나는 그리움 하나 있다

천 년이 지나도 나는 너에게 취해 있으리

푸른별 주막에 앉아
백열전등 아래 술잔을 기울이니
잔 중에 떠 있는 건
해인가 달인가 그리운 얼굴인가

잔은 큰데 술은 적고
사랑은 큰데 만남은 적으니
마시지 않아도 술에 취하고
사랑하지 않아도 사랑에 취하네

밤이 깊은 것을 걱정하랴
마음이 얕은 것을 슬퍼하니
천 년이 지난 후에도
나는 너에게 취해 있으리

사랑의 썰물

가장 먼 곳은
30km까지 물이 빠지고
바닥을 드러낸 채
맨몸으로 울어야 하겠지만
다시 돌아올 것을 믿기에
이별이여, 너는 내 사랑의 썰물일 뿐이다

너를 사랑한다는 것

먼바다 갯벌을 걸어 돌아오는 사람 같았다

그의 등에 업힌 저녁노을 같았다

가끔 흔들렸지만 늘 붉었다

소수점 사랑

누군가에게 이별이란 마침표
누군가에게 이별이란 소수점

모든 것이 끝난 후에도
영원히 끝나지 않을
원주율보다 긴 사랑 하나
지구를 두 바퀴째 돌아
너에게 달려가고 있다

사랑해

세상에서 가장 붉은 해
세상에서 가장 뜨거운 해
세상에서 가장 눈 부신 해

어둠 속에서도
안갯속에서도
비가 오는 날에도
눈이 오는 날에도

언제나 너와 나의 가슴에
가장 순결한 얼굴로 떠 있는

사랑해!

해변의 카프카

시간의 파도가
발자취를 지우더라도

마지막 노을 지는 날까지
그대를 향해 걸어가리니

해변의 모래알 수를
헤아리는 것이 빠르리

그대를 내가 얼마나
사랑하는지 궁금하다면

사랑

사랑은 유치한 것,
그렇지만 사랑에 빠진 얼굴은
가장 찬란한 것

보석은 번쩍이지만
사랑은 반짝이네

사랑 자리

별과 별이 만나
별자리를 만듭니다

당신과 내가 만나
사랑 자리를 만듭니다

전설은
하나

어둠 속에서도 빛을 잃지 않고
밤새도록 더욱 찬란하게 반짝이던
별 둘이 있었습니다

사랑니

아파도
뽑아버리지 못하는 것

잠들지 못하는 밤에도
원망하지 않으며
불의 고통이 따를지라도
일평생 몸속에 간직하며
함께 상해가는 것

영원히 뽑을 수 없는
사랑 하나, 이제 막 잇몸을 뚫는다

어떤 사랑

어떤 사랑은
빛이다

어떤 빛은 돌려받지
못할 것을 알면서도 빌려준다

어떤 이별은
빛이다

어떤 빛은 어둠이
깊을수록 더욱 반짝인다

사랑은 블랙

그대의 눈에 검은 별이 뜰 때
나의 심장에 흑장미 피어나기에
사랑은 블랙,
그대 외에는 아무것도 보이질 않는다

첫 키스

오늘,
나의 입술에
그대의 입술이 묻었으니

내일,
그대의 영혼에
나의 영혼을 묻으리

용암도 차가웠지
그대와 나의 첫 입맞춤

사랑의 손금

당신이
내 손바닥에 새겨놓았죠

'사랑해'라는
세상에서 가장 깊은 손금

그 순간부터
당신은 나의 운명이 되었고
사랑은 당신과 나의 운명이 되었습니다

사랑하는 이여,
오늘도 그 깊은 협곡에
푸른 강물이 아침 햇살처럼 밀려듭니다

피뢰침

이를테면, 누군가의 가슴에
천둥이 울고 번개가 치는 일을
사랑이 부르는 것이겠지만

어쩌면, 누군가의 비 오는 날에
그 사람을 대신하여 번개에 맞는 피뢰침의 일을
나는 사랑이라 말하고 싶은 것이다

사랑법

사랑이란 손금 같은 것
잡으려 움켜쥐면 사라져 버리고
놓아주려 펼치면 희미해져 버리지만
살짝 오므리면 가장 깊은 손금이 생겨나네

바로 그때 그 물길을 따라
진실한 사랑에 이를 수 있나니
지문이 닳아 없어지는 날에도
사랑은 영원히 깊어지리

너를 생각하면 눈이 내렸다

너를 생각하면
눈이 내렸다

밤 깊도록 그치질 않아
조금만 더 너를 생각하면
약속처럼 흰 눈을 뚫고 피어나는
붉은 꽃 한 송이가 좋아
새벽까지 눈길을 거닐며
나는 꽃잎을 주웠다

그 꽃잎을 네 손에 쥐여주고 싶어
오늘도 눈이 내린다

어떤 바다

물은 높은 곳에서
낮은 곳으로 흐르지만

내 안의 바다는
심장에서 눈으로 흐릅니다

바다는 밀물과 썰물이
밀려왔다 밀려가지만

내 안의 바다는
오직 밀물뿐입니다

오늘도 당신을 향해 파도치는
내 안의 '사랑해'

내가 당신을 사랑하는 이유

당신이 나를 사랑하기 때문에
내가 당신을 사랑하는 것이 아니듯

당신이 나를 사랑하지 않는다고
내가 당신을 사랑하지 않아야 하는 것은 아닙니다

나는 당신을 사랑합니다
내가 당신을 사랑하기 때문에

내 안에 존재하는 영혼의 불꽃이
당신을 사랑하도록 나를 운명 짓기 때문에

사랑의 황금율

단풍나무 잎이 왜 빨간색으로 물드는지
한 번도 생각해본 적이 없는 사람은
사랑의 50%는 핏물이라는 것을 모르는 사람이다

은행나무 잎이 왜 노란색으로 물드는지
한 번도 생각해본 적이 없는 사람은
사랑의 40%는 그리움이라는 것을 모르는 사람이다

그러나 그도 알고 있으리라
사랑의 10%는 약속이라는 것을
그리하여 무언지도 모르는 90%의 사랑을
10%의 믿음으로 참고 이겨내어
마침내 두 사람의 가슴에
장미와 금의 융단이 깔리는 것

그것이 바로 사랑이라는 것을 모르는 사람은
단풍이 왜 온 가을내 서서히 물들어가는지
한 번도 생각해본 적이 없는 사람이다

그대가 나를 사랑하려거든

나의 얼굴은 아름답지 않으나
아침저녁이면 그 개펄에도
붉은 노을이 곱게 물들고

나의 손은 곱지 않으나
그 거친 사막 한구석에도
꿀과 젖처럼 달콤한 사랑이 흐릅니다

나의 가슴은 넓지 않으나
그 좁은 방 한켠에도
천둥보다 큰 소리로 심장이 뛰고

나의 영혼은 맑지 않으나
이따금 그 진흙에도
연분홍 연꽃이 활짝 피어납니다

사랑이여, 그대가 나를 사랑하려거든
그 꽃처럼 나의 어둠과 슬픔에서 피어나소서
피어나 그대의 향기로 나의 먼 발길을 밝혀주소서

사랑의 길

사랑이란
눈여겨보는 것입니다
한 사람의 눈빛과 손끝
한 사람의 표정과 마음을
찬찬히 들여다보는 것입니다

사랑이란
귀 기울여 듣는 것입니다
한 사람의 입술과 몸짓
한 사람의 생각과 감정을
마음속 깊이 새겨듣는 것입니다

사랑이란
향기를 맡는 것입니다
한 사람의 영혼이 뿜어내는
그 사람만의 고유한 향기를
몸속 깊이 들이마시는 것입니다

아! 그러나 사랑이란
이런 몇 마디 문장만으로는
결코 설명할 수 없는 것입니다

그것은 봄날의 아지랑이, 사막의 신기루
기억나지 않는 지난밤의 꿈과 같아
이 세상 그 어떤 말로도 표현할 수 없는 것입니다

그러니 사랑이여,
그대가 나와 나의 여인을 정의하소서
서로를 따뜻이 눈여겨보고
서로에게 진심으로 귀 기울이며
서로의 향기에 흠뻑 취해 있으되
말이 아니라 마음으로
몸이 아니라 영혼으로
뿌리 깊이 연결되어 있는 두 사람이 있다면
그들은 진정 서로를 사랑하는 사람들이라 말해 주소서

그러니 사랑이여,
그 길로 나와 나의 여인을 이끄소서

사랑아, 다시는 꽃으로도 만나지 말자

나를 사랑하는 너는 잠들었으리
나를 사랑했던 너는 잠들었으리

지우개로 지우다 반쯤 남은 글자처럼
다시 또 하루가 지나면
투명한 눈물 속에 번지는
푸른 잉크 같은 슬픔
가로의 등을 하나씩, 하나씩 모두 지워도
새벽은 끝내 오질 않고
세로로 곧추서는 표정 잃은 고독이여

사랑의 전생은 바다
사랑의 다음 생은 바람
오늘 사랑의 생은 바보였으니
밤 하나 없는 별이 어디 있으며
사망 하나 없는 사랑이 어디 있으랴

내 한숨 쉬며 고백하는 것은
너를 생각하는 밤마다
별빛 폭포수처럼 쏟아져 내렸다
지금 내 머리 위로 그러하듯이

이것은 내일의 유언
이것은 내일이 미리 쓰는 오늘의 유언

사랑아, 다시는 꽃으로도 만나지 말자
사랑아, 다시는 햇살로도 만나지 말자

그대의 눈물 사라질 때까지

사랑이여, 이제는 안녕
그대의 허락을 받지 않고 사랑하였기에
그대의 허락을 받지 않고 나는 떠나네
그대의 장밋빛 뺨, 그대의 봄바람 같던 미소
그대와 함께 주고받던 아름다운 사랑의 밀어는 이제 잊으리
지금 이 순간 사랑을 위해 할 수 있는 일이란
검은 어둠 속으로 묵묵히 사라지는 해가 되는 것
지금 이 순간 그대를 위해 할 수 있는 일이란
아침 햇살 속으로 고요히 사라지는 별이 되는 것
지금 이 순간 이별을 위해 할 수 있는 일이란
운명의 바람에 꺼지는 촛불이 되어 잿빛 연기를 흩날리는 것
멀리 흩날려, 이별의 눈물을 사라지게 할 짙은 안개를 만드는 것뿐이리
사랑이여, 이제는 안녕
그대의 허락을 받지 않고 떠나가기에
그대의 허락을 받지 않고 다시 돌아올 수 있다 할지라도
지금 이 순간 오직 그대의 행복만을 위해 나 검은 안갯속으로 걸어가려네
그대의 눈물 사라질 때까지

이별도 사랑입니다

그대여,

이제 곧 낙엽으로 떠나갈 것을 알면서도
단풍으로 나뭇잎을 곱게 물들여주는
가을나무를 보세요

이별이란 사랑이 끝난 후
시작되는 또 다른 노래가 아니라
사랑이라는 음악의 마지막 소절,
사랑이라는 음악의 마지막 연주입니다

그대여,

그대가 오직
사랑을 위해 사랑을 하였다면
이별도 사랑입니다
이별까지가 사랑입니다
이별이야말로 가장 아름다운 사랑입니다

그러니 이별이여

잿빛 구름이 이마로 내려앉는 날
빗방울 소리 꽃망울처럼 부풀어 오르면
긴 강둑을 주저 없이 무너뜨리며
어미를 잃은 새끼 사슴처럼 울어도 좋은 것이다
그렇지 않은가, 사랑이여
이별이야말로 마지막 불멸의 사랑이라는 듯이
범람한 강물처럼 머리를 풀고 울어도
…… 울어도 너는 기쁘리라
그러니 이별이여, 사랑보다 오래 살아남으라
사랑보다 짧은 이별이 어찌 이별이겠느냐
사랑보다 짧은 이별이 어찌 사랑이겠느냐

지우고 또 쓰는 이여

내 머릿속에 지우개가 있을 것이다
사랑했던 얼굴
사랑했던 이름
사랑했던 순간들의 추억을 잊고
사랑했던 기억들의 기억을 지우기 위해
아주 먼 길을 걸어왔을 것이다

그리하여 잊어버려야 할 사람을 잊고
잊지 못할 사람도 잊고
잊어버린 사람마저 잊고
마침내 사랑마저,
사랑이란 또 무엇인지조차 잊어버려
내 심장 속에 지우개가 있을 것이다

그러나 사랑이여,
지우고 또 쓰는 이여
오늘도 향 맑은 연필을 손에 쥐여주며
너는 물 위에 쓴 글자조차 지울 수 없게 만든다

제 3 부

잠언시

꽃 지는 날에도

사랑은 피네

꽃 피는 날에도

사랑은 지니까

인생

자주
막막하고

이따금
먹먹해도

늘
묵묵하게

시간

과거는 활
현재는 화살
미래는 허공

우리는
멋진 궤적을 남겨야 한다

힘내

용기를 내!

가진 것은 오직 그것밖에 없잖아

다시 한 번

눈물이 흘러내린다면
아직은 해볼 만한 거야

눈물이 말라버릴 때까지는

오늘이 청춘

어깨와 허리, 무릎이 모여 말합니다
"청춘이 좋았는데"

심장이 말합니다
"오늘이 가장 좋은 거야"

울어도 돼

슬플 때는
부끄러워하지 말고
마음껏 눈물을 흘려

그렇게 할 수 없다면
도대체 왜 신이 눈물을 만들었겠니

괜찮아

꺼진 초는
촛농이 흐르질 않는단다

사랑

촛농에 데어도
촛불은 아름다운 것

사랑 또한 마찬가지

행복

먼저
새장과 모이를 구할 것

그렇지 않다면
파랑새는 곧 다시 날아가 버릴 테니

작은 해탈

꽃 지는 날에도
사랑은 피네

꽃 피는 날에도
사랑은 지니까

청춘의 체온

청춘의 가슴에
피 끓는 열정이 없다면
그가 누워야 할 곳은
침대가 아니라 무덤이다

청춘아,

몸의 체온은
37도를 유지하고
영혼의 체온은
100도를 유지하렴

청춘의 꿈

젊은이여,
꿈을 기다리지 마라

청춘의 꿈은
찾아오는 것이 아니라
발견하는 것
발견하는 것이 아니라
정립하는 것이다

자신의 인생에 대한
자주적인 인간의 독립 선언문
그것이 바로 청춘의 꿈이다

운명이 비켜갈 때까지

나, 젊었던 날
운명이 비껴가기를 바라며
서너 걸음 옆으로 몸을 옮긴 적 있었지

그리하여 결국
나, 운명과 마주쳤네

이제 다시 피하고 싶은 일 찾아온다면
곧바로 앞을 향해 걸어가리

운명이 나를 비켜갈 때까지

마음의 집

마음이 행복한 사람은
남을 미워할 시간이 없고

남을 미워하는 사람은
마음이 행복할 시간이 없네

마음의 집의 주인은
오직 한 명뿐

미움이 집을 차지하기 전
사랑에게 먼저 열쇠를 넘겨주세

잊지 마라

잊지 마라
너만 그런 것이 아니다
청춘만 그런 것도 아니고
여자만 그런 것도 아니다
가난한 사람만 그런 것도 아니고
아픈 사람만 그런 것도 아니다
실패한 사람만 그런 것도 아니고
불행한 사람만 그런 것도 아니다
떠나보낸 사람만 그런 것도 아니고
떠나온 사람만 그런 것도 아니다
사람이라 그런 것이고
인생이라 그런 것이다
모두가 다 그렇고
누구나 다 그런 것이다

아깝다

화를 내는 시간이 아깝다
슬픔에 젖어 있는 시간이 아깝다
다른 사람을 비난하는 시간이 아깝다
지나간 일을 후회하는 시간이 아깝다
다른 사람이 가진 것을 부러워하는 시간이 아깝다
아직 다가오지 않은 일을 걱정하는 시간이 아깝다
모든 것은 흘러가고 다시 돌아오지 않으니
지금 이 순간이 참으로 아깝지 않은가
아까운 인생을 불행의 시간으로 흘려보내지 마라
불행을 선택하기에는 인생이 너무 짧다

위대한 일

손만 있으면 누구나
기도를 할 수 있습니다

손만 있으면 누구나
악수를 할 수 있습니다

손만 있으면 누구나
박수를 칠 수 있습니다

손만 있으면 누구나
세 가지 위대한 일을 할 수 있습니다

당신에게는
손이 있습니까?

아침의 기도

오늘 하루
살아 숨 쉬는 것에 대한 감사의 마음이
아침 햇살처럼 내 영혼의 하늘에 퍼지게 하소서

오늘 하루
살아 있는 모든 생명에 대한 사랑의 마음이
저녁노을처럼 내 영혼의 바다에 번지게 하소서

오늘 하루
순결한 삶에 대한 갈망이
여름비처럼 내 영혼의 들녘을 촉촉이 적시게 하소서

아침부터 밤까지 순간에서 영원까지
불꽃보다 뜨거운 삶의 열정이
겨울눈처럼 내 영혼의 대지를 은빛으로 뒤덮게 하소서

가끔
흔들렸지만
늘
붉었다